KB265066

줄거리:
워싱턴 D.C.에서 현장 학습 기간 동안 에드워드 '에그 Egg' 게리슨과 그의 친구들은 잊을 수 없는 미스터리를 해결한다.

워싱턴에 나타난 유령

워싱턴에 나타난 유령

미국 현장 학습 미스터리 ❸

워싱턴에 나타난 유령

The Ghost Who Haunted the Capitol

글 · 스티브 브레즈노프
그림 · C. B. 캥거
옮김 · 이지선

사람in
생각학교

미국 현장 학습 미스터리 ❸
워싱턴에 나타난 유령

초판 1쇄 인쇄 2011년 3월 25일
초판 1쇄 발행 2011년 4월 5일

글 스티브 브레즈노프
그림 C. B. 캥거
옮김 이지선

발행인 박효상
책임편집 강현옥
편집진행 오혜령
인턴 김지혜, 김희준
디자인 윤주열

발행처 사람in
출판등록 제10-1835호
주소 121-894 서울시 마포구 서교동 378-16번지 강화빌딩 4F
문의전화 02)338-3555
팩스 02)338-3545
Homepage www.saramin.com
e-mail school@saramin.com

::책값은 뒤표지에 있습니다.
::파본은 바꿔 드립니다.

ISBN 978-89-6049-229-5 63940
　　　 978-89-6049-226-4 (set)

사람이 중심이 되는 세상, 세상과 소통하는 책 사람in

기획편집 1팀_ 강성실, 모희진, 이종만, 권희정 | 기획편집 2팀_ 임수진, 김지혜 | 단행본팀_ 강현옥, 오혜령
디자인팀_ 손정수, 윤영선 | 마케팅_ 이종선, 이태호, 이전희, 서은희 | 디지털사업부_ 강현승 | 관리_ 남채윤

The Ghost Who Haunted the Capitol by Steve Brezenoff

© Stone Arch Books, 2011. All rights reserved.
This Korean edition distributed and published by Saram In,
2011 with the permission of Stone Arch Books,
the owner of all rights to distribute and publish same.

This Korean edition published by arrangement with Stone Arch Books,
USA through Yu Ri Jang Literary Agency, Korea.

이 책의 한국어판 저작권은 유리장 에이전시를 통해 저작권자와 독점 계약한 사람in에 있습니다.
신 저작권법에 의해 한국 내에서 보호를 받는 저작물이므로 무단 전재와 무단 복제를 금합니다.

★ 차례 ★

에드워드 G. 게리슨
별명 : 에그Egg
생일 : 5월 14일
학년 : 6학년
철자가 틀릴 수도 있으니
확인해 볼 것

좋아하는 것:
사진 찍기, 현장 학습

친한 친구들:
사만다 아처, 카탈리나 듀란, 제임스 슈

알아둘 점:
스탠위크 선생님은 사진 찍길 좋아하는 에드
워드의 취미를 격려해 주시지만, 다른 몇몇
선생님들은 에드워드가 자주 플래시를 터뜨
리는 통에 불만이 이만저만이 아니다.
그런데 학교 안에서 사진을 찍어도 되나? 한번
알아봐야겠다.

카탈리나 듀란(캣)

제임스 슈(껌)

사만다 아처(샘)

기차를 타고

1장

워싱턴 D.C.는 사진 찍기에
참 좋은 도시이다.
나는 사진광이니까,
6학년이 워싱턴 D.C.로
현장 학습을 간다는 말에
내가 왜 흥분했는지
이해할 수 있을 것이다.

물론 나와 가장 친한 친구들이자 같은 반 친구들인 껌과 샘 그리고 캣이 함께 가는 주말여행이라 더욱 신났다. 아, 나는 에드워드 G. 게리슨이다. 하지만 친구들은 에그라고 부른다.

나와 친구들은 워싱턴 D.C.로 향하는 기차 뒤 칸에 앉았다. 껌과 내가 나란히 앉고 캣과 샘이 맞은편에 앉았다.

"점심은 언제 나오지?"

껌이 배를 만지며 말했다.

"아, 배고파 죽겠네. 며칠은 굶은 것 같아!"

캣이 웃으며 말했다.

"점심은 안 나오지. 스페이드 선생님이 도시락을 싸오라고 하셨잖아."

껌은 인상을 찌푸리더니 의자 등받이에 털썩 몸을 기대며 말했다.

"안다고, 알아. 그래도 뭔가 나왔으면 하고. 간식이라도 나오면 좋겠다."

"얘들아, 이거 봐."

나는 몸을 앞으로 내밀며 보고 있던 잡지 『이 주의 카메라와 사진』을 펼쳐 보였다.

"이번 주에 워싱턴 D.C.에 있는 '워싱턴의 사진' 이란 가게에서 큰 할인 행사를 한대."

나는 전면 광고를 가리키며 말했다.

"우아, 이런 행운이!"

껌은 어깨를 으쓱했고 샘은 살짝 미소를 지었다.

캣은 다정하게 말해 주었다.

"정말 좋겠다!"

사진 찍는 내 취미가 친구들에게 아무런 흥미를 끌지 못한다는 것을 나도 알지만, 그래도 캣은 늘 그렇게 나를 격려해 주었다.

"응, 마침 삼각대가 필요했거든! 괜찮은 렌즈도 있나 봐야지."

바로 그때 껌의 엄마가 옆 칸에서 문을 열고 나타났다. 아주머니는 학부모를 대표한 보호자 자격으로 이번 현장 학습에 우리를 따라왔다.

“안녕, 애들아!”
아주머니는 큰소리로 말하며
손을 흔들었다.

기차 안의 사람들이 모두 우리를 쳐다보았다.

껌이 손으로 얼굴을 가리며 "으으" 하고 신음 소리를 냈다.

샘이 몸을 앞으로 숙여 껌의 무릎을 툭툭 치며 속삭였다.

"껌, 상황이 그렇게 나쁘지만은 않은 것 같은데. 봐, 네 엄마 손에 종이 봉지가 들려 있어."

그 말에 껌이 고개를 치켜들었다. 그러나 여전히 얼굴에서 손을 떼지는 않았다. 캣과 나는 서로를 바라보며 어깨를 으쓱했다.

어느새 껌의 엄마가 우리 바로 옆에 와 있었다.

"제임스, 똑바로 앉아야지."

아주머니가 웃으면서 말했다.

"네 친구들은 바르게 앉아 있잖니."

나는 맞은편을 보았다. 샘과 캣이 바르게 앉아 있는 것처럼 보이지는 않았지만, 나는 허리를 더 똑바로 세웠다.

껌도 자세를 고쳐 앉았지만, 마지못해 한다는 걸 알 수 있었다.

아주머니는 껌의 머리카락을 헝클어 놓고 말했다.

"고맙구나. 그건 그렇고 도시락은 아직 안 먹었겠지? 엄마가

오늘 기차 여행을 위해 케이크를 만들었단다."

껌은 종이 봉지를 받아 들며 허리를 더 꼿꼿이 세우고 말했다.

"엄마, 고마워요. 안 그래도 뭔가 먹고 싶다고 말하던 참이었

어요."

샘이 말했다.

"고맙습니다, 아주머니. 와!"

껌의 엄마는 미소를 지으며 말했다.

"뭘 이런 거 가지고. 맛있게 먹으렴……. 물론 도시락을 다 먹고 나서 먹어야 한다! 내가 보호자 자격으로 왔는데 점심도 먹기 전에 간식부터 먹게 할 수는 없잖니?"

아주머니는 우리에게 윙크했다. 그러고는 손을 흔들며 아주머니의 자리가 있는 칸으로 돌아갔다.

껌은 곧장 종이 봉지를 벌려 케이크를 우리에게 보여 주었다. 먹음직스러운 커피 케이크가 정확히 네 개 들어 있었다. 케이크 위에는 바삭바삭한 쿠키 조각들이 얹혀 있어서 더욱 맛있어 보였다.

껌은 바로 케이크의 절반을 입속으로 집어 넣었다.

캣이 놀라 입이 떡 벌어졌다.

"껌! 네 엄마가 점심을 먹은 다음에 먹으라고 하셨잖아!"

껌이 손사래를 치며 말했다.

"도시락? 그거야 기차역으로 가는 버스 안에서 벌써 다 먹었지."

그 말에 우리 모두 웃었다. 내가 보기에 껌은 자기 엄마가 만든 음식을 무척 좋아하는 것 같다.

"그런데 있잖아, 너희들 어떻게 생각해?"

샘이 몸을 앞으로 숙이면서 갑자기 조용히 말했다. 샘이 그러기를 바라는 것 같아 우리도 다같이 몸을 숙였다.

내가 조용히 물었다.

"우리가 뭘 어떻게 생각하냐고 묻는 건데? 케이크? 케이크야 정말 맛있지. 껌네 엄마가 요리를 잘하시잖아."

샘이 내 어깨를 주먹으로 가볍게 툭 치며 말했다.

"농담하지 말고, 이 여행 말이야! 이번에 우리가 어떤 범죄를 해결할 것 같냐고."

껌이 종이 봉지로 손을 뻗었으나, 케이크를 하나 더 먹어 치우기 전에 캣이 껌의 손목을 덥석 잡고 히죽히죽 웃으며 말했다.

"누군가 커피 케이크를 다 먹어 치운 범죄?"

"껌, 이건 나눠 먹으라고 하신 거잖아?"

샘이 껌에게서 종이 봉지를 빼앗으며 말했다.

"좀 진지해져 봐. 몇 분 후엔 유니언 역에 도착할 거야. 준비를 해야지."

내가 말했다.

"샘, 진정해. 우리가 무슨 슈퍼 영웅이라도 되냐? 우린 그냥 현장 학습을 가는 것뿐이야."

캣도 거들었다.

"맞아, 우리가 현장 학습을 가는 곳마다 항상 범죄가 일어날 리도 없잖아."

껌이 얼굴을 찌푸리며 말했다.

"아니, 실제로 그랬잖아?"

샘이 말했다.

"맞아, 우리가 사건에 휘말리지 않았던 현장 학습이 있었다면 하나라도 대 봐."

캣과 나는 기억을 더듬어 보았지만 단 한 개도 떠오르지 않았다. 샘과 껌의 말이 맞다. 우리에게 현장 학습은 범죄와의 전쟁이었다.

“좋아, 그러면 아무도 이의 없는 거지?
이제부터 우리는 ‘범죄 수사대’야!
자, 이번 여행에 대해 얘기해 보자.”

샘이 말했다.

유·니·언 ·역·에·서

기차는 유니언 역에 제시간에 도착했다. 스페이드 선생님 그리고 보호자인 껌의 엄마와 안톤 구트만의 엄마가 우리를 플랫폼을 따라 로비로 인솔했다.

"이 역은 지은 지 백 년이 넘었단다."

우리가 역을 지나 걸어가는 동안 스페이드 선생님은 유니언 역의 역사에 대해 설명했다. 껌의 엄마는 우리 머릿수를 세느라 바빴고, 안톤의 엄마는 휴대 전화로 수다를 떠느라 바빴다. 누구와 얘길 하는지 모르겠지만 엄청 시끄러웠다.

스페이드 선생님이 설명을 계속했다.

"유니언 역이 1908년 완공되었을 당시엔 세계에서 가장 큰 기차역이었단다. 유니언 역은 워싱턴 D.C.에서 방문객이 가장 많은 역사적인 건물이지. 기차역이 그렇게 인기 있다니 재미있지 않니?"

샘이 팔꿈치로 나를 쿡 찌르며 말했다.

"그거야 사람들이 기차를 타고 여기에 오고, 그러면 당연히 기차역에 들르니까 그렇지. 안 그래?"

그 다음에 우리는 역 중심부로 들어갔다. 정말 크고 넓었다. 사방은 사람들로 가득했고 바닥에는 종이가 여기저기 흩어져 있었다. 그때 갑자기 사람들이 비명을 질렀다!

수많은 사람들이 비명을 지르며 뒤를 흘깃거리면서 우리 쪽으로 달려오더니 우리를 지나쳐 열차 쪽으로 갔다.

샘은 도망치듯 달려가는 그들을 보며 말했다.

"다들 무슨 일이지?"

껌이 넓은 로비 쪽을 가리켰다.

UNION STATION
NEXT TR
WELCOME

"저길 봐!"

반 아이들 모두가 멈춰서 그쪽을 바라보았다. 수많은 사람들이 나이와 인종, 외모와 몸무게를 막론하고 출구를 향해 전속력으로 달려가고 있었다. 그 중에는 넘어지는 사람들도 있고, 비명을 질러대는 사람들도 있었다. 한 여자아이가 신문 가판대 근처에서 픽 쓰러졌다.

"도대체 무슨 일이지?"

캣은 이렇게 말하면서 샘의 팔을 붙잡고 등 뒤로 숨었다. 샘이 우리 학년에서 제일 키가 크기 때문에 샘 뒤에 숨는 것은 쉬운 일이다.

여자 경찰 한 명이 뒤쪽에서 우리를 밀어제치면서 말했다.

"자, 한쪽으로 비켜서 있어요. 겁먹지 마요. 겁먹지 않아도 돼요."

경찰은 우리 앞으로 가서 무전기를 꺼냈다.

"파슨스 경관입니다. 현장에 도착했습니다. 유령은 어디에도 보이지 않습니다."

껌이 나에게 속삭였다.

"유령이랬지?"

무전기 건너편에서 누군가 뭐라고 대답을 했지만 소리가 불분명해 우리한테는 잘 들리지 않았다.

그때 파슨스 경관이 말했다.

"네, 난장판이 따로 없습니다. 어떤 사람은 조지 워싱턴 유령을 봤다고도 합니다."

"조지 워싱턴 유령?"

내가 놀라서 따라 외치자 경찰이 날 보며 얼굴을 찡그렸다. 나는 재빨리 몸을 돌려 캣과 샘이 있는 곳으로 갔다. 껌이 내 뒤를 따랐다.

"너희도 들었어?"

내가 물었을 때 어느새 껌의 엄마가 우리 곁에 와 있었고, 안톤도 듣고 있다는 것을 알았다.

"저 경찰이 그러는데 누가 기차역 안에서 조지 워싱턴 유령을 봤대."

캣은 놀라 입이 벌어졌고 샘은 눈썹을 치켜세웠다.

안톤 구트만은 그저 히죽히죽 웃기만 했다.

유령이 사는 호텔 3장

“유령은 없어. 사실이 그래.”

샘이 말했다.

우리는 호텔에 짐을 풀고 호텔 식당에서 저녁을 먹었다. 이미 꽤 늦어서 견학은 다음 날부터 할 예정이었다. 기차를 타는 데만 거의 하루가 걸렸기 때문이다.

갯이 말했다.

“실은 너도 모르잖아. 네가 유령을 본 적이 없다고 해서 유령이 없다고 할 수는 없어.”

그때 제일 싫은 안톤 구트만이 우리 식탁으로 왔다. 안톤은 언제나처럼 턱에 케첩을 묻힌 채 미소 짓고 있었다. 그러나 기분 좋은 미소는 아니다. 흔히들 말하는 카나리아를 먹어 치운 고양이의 미소 같다고 할까?

안톤이 말했다.

"어이, 꼴통들! 그러니까 너희는 유령을 안 믿는다는 거지, 응?"

껌이 안톤을 쳐다보며 물었다.

"냅킨 말고 또 필요한 거 있어?"

캣이 웃으며 냅킨을 내밀었다. 안톤은 그 냅킨을 잡아채서 재빨리 턱을 문지르며 말했다.

"너희들은 이 호텔이 워싱턴에서 제일 오래된 호텔 중 하나인 건 아냐?"

나는 어깨를 으쓱하며 말했다.

"물론 알지. 스페이드 선생님이 체크인할 때 말씀하셨잖아. 그게 왜?"

“그게…….”

안톤이 잠깐 눈을 감았다가 말을 이었다.

“이 호텔이 전국에서 유령이 가장 많이 목격된 곳이기도 하지! 특히 조지 워싱턴 대통령 유령.”

우린 모두 안톤을 빤히 쳐다보았고 안톤은 말을 계속했다.

“기차역에 나타났던 바로 그 유령.”

샘이 말했다.

“가 버려, 안톤.”

안톤이 웃으며 말했다.

“그래 가 주지. 그런데 말이지 유령은 진짜 있어. 그리고 이 호텔에 유령이 득실대고 있지.”

안톤은 그 말을 하고 자리를 떴다.

샘은 고개를 저었으나 캣은 걱정스러워 보였다.

내가 카메라를 집어 들면서 캣에게 말했다.

“걱정 마, 캣. 안톤이 겁주려고 하는 말일 뿐이야. 이제 웃어 봐, 괜찮지?”

내가 카메라를 들자 캣이 미소를 지었다. 캣은 사진을 찍을 때 늘 웃는다.

껌과 나는 같은 방을 썼다. 우리가 묵는 방은 캣과 샘의 방에서 모퉁이를 돌아 복도를 따라오면 있다. 남학생들 방과 여학생들 방 사이에 보호자들이 묵는 방이 있다. 그 말은 껌의 엄마가 묵는 방이 복도를 따라가면 나온다는 뜻이다.

나는 방 안 깊은 곳에 있는 책상 앞에 앉았다. 껌은 오렌지 맛 소다수 캔을 따고, 텔레비전을 켜며 말했다.

"텔레비전 보자."

내가 말했다.

"난 됐어. 그 카메라 가게의 광고나 볼래. 혹시 주말에 들를 수 있으면 줌 렌즈를 새로 하나 살까 하고."

껌이 슬쩍 보며 물었다.

"그 광고지는 어디서 났어?"

내가 대답했다.

"아까 기차역 바닥에 엄청 많이 있었어."

껌은 액션 영화가 나올 때까지 채널을 돌려댔다.

"이거 재밌겠다."

껌은 침대에서 영화를 보려고 베개를 부풀려 편히 기댔다.

바로 그때 갑자기 복도에서 쿵 하는 소리가 크게 났다.

껌이 몸을 일으키며 말했다.

"무슨 소리지?"

나는 귀를 기울였다. 한 번 더 쿵 소리가 나더니 우리 문 밖에서 무언가 카펫 위로 질질 끌리는 소리가 들렸다.

그러고 나서 낮고 이상한 목소리가 외쳤다.

"오늘 할 일을 내일로 미루지 말라!"

껌과 나는 서로를 바라보았다.

질질 끌리는 소리가 점점 희미해지다가 사라졌다. 껌은 침대에서 벌떡 일어나 문을 확 열었다. 나도 복도를 내다보려고 달려 나갔다.

우리가 얼굴을 내밀자 그림자 같은 형체가 모퉁이를 돌아 사라졌다.

껌이 다급히 말했다.

"에그! 유령이야!"

내가 말을 이었다.

"게다가 지금 캣과 샘의 방으로 가고 있어!"

4장 유령의 기습 공격

껌은 방 안으로 달려가 침대 위로 뛰어올라 전화기를 들고 샘과 캣에게 전화를 걸었다.

나는 마음을 졸이며 보고 있었다.

잠시 후에 내가 물었다.

"받아?"

껌이 초조한 목소리로 대답했다.

"신호는 가는데 안 받아."

껌은 몇 초 더 기다리다가 수화기를 내려놓았다.

내가 말했다.

"유령이 벌써 데려갔을지도 몰라! 어떡하지, 껌? 우리가 뭘 해야 하지?"

"캣과 샘을 구하러 가야지."

껌의 말에 나는 고개를 끄덕였다. 우리는 당장 달려 나갔다.

내가 돌아서며 말했다.

"잠깐만. 내 카메라."

나는 방 안으로 돌아가서 책상 서랍에서 카메라를 집어 들고 방을 나섰다. 껌하고 내가 6학년 중에서 운동을 제일 잘 하는 것은 아니지만, 친한 친구들이 위험에 빠졌다면 우리도 빨리 달릴 수 있다.

모퉁이를 급히 뛰어갔더니 캣과 샘의 방문 앞에 도착했을 때 껌과 나는 서로 부딪치고 말았다. 캣과 샘의 방문은 열려 있었지만, 안은 어두컴컴했다.

껌이 말했다.

"아무것도 안 보여."

그때 쿵 소리가 났다. 또다시 방 안 저편에서 질질 끄는 소리가 나기 시작하더니 누군가 고함을 쳤다.

"우리의 명분은 고귀하다. 그것은 인류의 명분이다!"

"이봐! 이쪽이야!"

나는 카메라를 들며 소리쳤다. 그러고 나서 나는 사진을 찍었다. 플래시가 터지면서 순간 방 안이 환해졌다. 나는 저쪽 벽에서 누군가를 발견하고 다시 사진을 찍었다.

샘과 캣은 침대 뒤쪽 구석에서 담요를 뒤집어쓰고 몸을 웅크리고 있었다. 그 형체가 나와 껌에게 달려들었다.

나는 사진을 더 찍었다. 그 순간, 그 형체 때문에 우리는 자칫하면 넘어질 뻔했다. 그 형체는 팔로 자기 얼굴을 가렸다.

내가 재빨리 몸을 돌렸지만, 그 형체는 이미 계단을 내려가 자취를 감춰 버렸다. 껌이 그 뒤를 쫓기 시작했다.

샘이 일어나 방 안의 등을 켰다.

내가 외쳤다.

"껌, 기다려!"

껌이 멈칫하더니 우리를 돌아보며 말했다.

"놈을 잡아야지."

내가 고개를 저으며 말했다.

"사진을 찍었으니까 잡은 거나 마찬가지야."

샘이 내 등을 토닥이며 말했다.

"역시 에그야."

캣도 내게 미소를 지었다.

샘이 말했다.

"봤지, 캣? 유령 같은 건 없다고 했잖아."

캣이 놀란 얼굴로 말했다.

"방금 조지 워싱턴 유령에게 기습을 당했는데도 그런 말이 나와?"

나는 방금 찍은 사진을 찾으려 사진들을 넘겨봤다.

샘이 말했다.

"조지 워싱턴 유령이 아니야. 놈이 아까 뭐라고 했는지 못 들었어?"

“찾았다! 이거 봐.”
나는 친구들에게 내 카메라를 내밀었다.

모두가 입을 모아 소리쳤다.
“안톤 구트만이잖아!”

다음 날 아침, 껌과 나는 아침을 먹으러 가다가 엘리베이터 앞에서 샘과 캣을 만났다. 그러나 로비에 도착했을 무렵에는 아침밥에 대해서는 까맣게 잊어 버렸다.

안톤의 엄마가 소리를 버럭 지르고 있었다.

"도대체 호텔을 어떻게 운영하는 거예요? 우리 아이들이 유령 소동을 또 겪는다면 그땐 각오해야 할 거예요!"

스페이드 선생님이 말했다.

"진정하세요, 안톤 어머님."

우리 넷은 대화를 엿들으러 프런트 쪽으로 갔다. 호텔 지배인은 젊은 여자인데 안톤의 엄마 앞에서 쩔쩔매고 있었다.

프런트 너머 그 여자 옆에는 우리 또래로 보이는 한 남자아이가 의자에 걸터앉아 있었다. 그 애도 안톤의 엄마를 보고 있었지만 전혀 주눅 들어 보이지 않았다. 사실은 웃고 있었다.

그러다 샘과 캣, 껌 그리고 나를 보더니
우리에게 말을 걸었다.
"너희들도 여기에
진짜 유령이 있다고 믿니?"

샘이 물었다.

“넌 누구니?”

샘이 그 아이를 마음에 들어 하지 않는 걸 단번에 알 수 있었다.

“난 이 호텔 지배인의 아들이야.”

그 애는 안톤의 엄마가 소리치고 있는 여자를 가리키며 말을 이었다.

“우리 엄마야.”

캣이 물었다.

“그런데 넌 어째서 유령이 없다고 확신하는 거야?”

안톤의 엄마는 그 아이의 엄마에게 소리치는 것을 멈추고 스페이드 선생님과 함께 우리한테 와서 우리 이야기를 들었다.

샘이 캣에게 돌아서며 말했다.

“캣, 그 유령이 조지 워싱턴 대통령이 남긴 유명한 말을 했는데…….”

프런트 너머에 있던 그 애가 불쑥 끼어들어 말했다.

“그런데 그 유령이 한 다른 말은 벤자민 프랭클린의 말이야. 확실해.”

감동을 받은 듯한 샘이 말했다.

“너도 눈치챘어? 하지만 먼저 알아낸 건 나야.”

그 애는 어깨를 으쓱했다.

“그럴지도. 그런데 난 너희들이 담요 밑으로 숨는 소리를 들었지.”

샘이 그 애를 잔뜩 노려보았다. 이러다 주먹다짐이라도 할 것 같아 보였다. 그러나 주먹다짐 대신에 샘은 미소를 지으며 손을 내밀었다.

“나는 샘이야. 얘들은 에그, 껌, 캣이고.”

“다들 재미있는 이름이네. 나는 크로커다일이야.”

껌과 나는 웃었다. 캣은 웃지 않으려고 입을 막았다.

크로커다일이 말했다.

“긴 사연이 있어. 나중에 이야기해 줄게. 지금은 크로크라고 불러 줘.”

샘이 말했다.

"알았어, 크로크. 만나서 반가워."

그때 스페이드 선생님이 말했다.

"유령이 가짜라는 것을 알아낼 정도로 초대 대통령과 벤자민 프랭클린에 대해 잘 알고 있다니 감명 깊구나. 하지만 가짜 유령이라도 호텔에선 진짜 골칫거리가 될 수 있단다."

"저희는 그 유령이 누구였는지 알아요."

캣이 이렇게 말하며 나를 팔꿈치로 찔렀다.

"보여 드려, 에그."

"응, 알았어."

이렇게 말하며 나는 카메라를 목에서 풀어 전원을 켰다.

"보이세요?"

스페이드 선생님이 사진을 뚫어지게 쳐다보며 말했다.

"안톤 구트만이잖아."

안톤의 엄마는 이를 악물고 입술을 깨물었다. 얼굴이 붉으락푸르락 달아올라 금방이라도 폭발할 것 같았다.

“안톤!”

아주머니가 소리쳤다.

“안톤 구트만, 당장 이리 오지 못 해!”

“이 문제는 안톤 어머님에게 맡기는 게 좋겠다.”

스페이드 선생님이 이렇게 말하고는 우리를 데리고 자리를
피했다.

샘은 뒤돌아 크로크에게 손을 흔들며 작별 인사를 했다. 크
로크도 손을 흔들었다.

“자, 다들 버스에 올라타거라. 첫 번째 목적지는 평화의 기념
탑이다. 아침은 가는 길에 먹을 거란다.”

평화의 기념탑

평화의 기념탑은 국회 의사당 건물 앞 커다란 분수 한가운 데에 있다. 대리석으로 만들어진 그 기념탑은 남북 전쟁 때 바다에서 죽은 사람들을 추모하기 위해 세워졌다.

스페이드 선생님이 안내 책자를 읽어 주기 시작했다. 나는 얼른 사진 몇 장을 찍었다. 국회 의사당 건물이 배경으로 나와 사진 찍기에는 완벽한 장소였다.

그때 분수 사이를 지나가는 한 형체를 발견했다.

내가 외쳤다.

“저게 뭐지?”

반 아이들 모두가 쳐다보았고, 몇몇 관광객들도 그쪽을 바라보았다. 누군가 소리쳤다.

“조지 워싱턴 유령이야!”

곧장 사람들은 카메라를 들어 셔터를 눌러 대고 있었다. 장군 옷을 입은 유령은 분수대를 빠져나가 국회 의사당 쪽으로 달리기 시작했다.

“뒤쫓자!”

샘은 그렇게 말하고 유령을 따라 뛰기 시작했다.

캣이 샘을 불렀다.

“기다려, 샘! 위험해!”

껌의 엄마가 소리쳤다.

“그래, 샘! 어서 돌아와!”

그러나 샘은 멈추지 않았고, 샘과 가장 친한 우리 셋은 샘이 혼자 위험에 빠지도록 내버려 둘 수 없었다.

"우리도 가자."

껌의 말에 캣과 나는 고개를 끄덕이고는 샘을 따라갔다.

"제임스! 당장 돌아와!"

껌의 엄마가 소리치며 우리 뒤를 따라 달리기 시작했다.

샘보다 앞서 달리던 조지 워싱턴 유령은 모퉁이를 돌아 숨어 버렸다.

우리는 모퉁이에 이르기 직전에 샘을 따라잡았다. 우리 넷이 함께 모퉁이를 돌았을 때 눈앞에 보이는 거라고는 작은 주차장과 삼각대 위에 놓인 카메라를 가지고 있는 한 남자뿐이었다.

샘이 숨을 헐떡이며 물었다.

"혹시 조지 워싱턴이 지나가는 걸 보셨어요?"

카메라를 가지고 있던 남자는 샘을 제정신이 아니라는 듯이 바라보며 물었다.

"조지 워싱턴 대통령 말이니?"

우리 넷은 고개를 끄덕였다.

"음, 아니. 보지 못했어."

나는 그 남자에게 가까이 다가가면서 말했다.

"와, 카메라 멋진데요."

남자가 내게 미소를 지으며 말했다.

"고맙다!"

나는 남자 옆 인도 위에 커다란 검은색 가방이 있는 것을 보고 말했다.

"저렇게 큰 가방이라면 상당히 많은 장비들을 갖고 계시겠네요."

"그야 물론이지. 아, 난 카메라와 장비들을 파는 가게를 운영하고 있어."

남자는 의자에서 일어나 삼각대에서 카메라를 분리하며 말했다.

"사진을 좋아하나 보구나. 이번 주말에 우리 가게에서 할인 행사가 있단다."

그리고 내게 광고지를 내밀었다.

"저도 이거 봤어요! 저희는 여기에 현장 학습 하러 왔어요. 들를 시간이 나면 좋겠어요."

바로 그때 껌의 엄마가 모퉁이에서 나타나 나와 껌의 뒷덜미를 잡았다. 숨이 차서 아무 말도 하지 못했지만 단단히 화가 난 것 같았다.

"무작정 달려가서 죄송해요, 아주머니."

캣에 이어 껌도 말했다.

"엄마, 진정하세요. 샘을 혼자 가게 내버려 둘 수 없었어요!"

"알았다."

껌의 엄마가 말했다.

"자, 이제 다른 아이들이 있는 곳으로 돌아가자."

아주머니는 껌과 나를 잡아끌며 평화의 기념탑 쪽으로 갔다. 캣과 샘이 뒤따랐다.

7장 껌의 유령 이야기

껌의 엄마는 스페이드 선생님에게 우리가 유령을 뒤쫓아 갔다는 말을 하지 않았고, 그래서 문제가 생기지는 않았다. 그러니까 아주머니에게 호된 꾸지람을 들은 것 외에는 말이다.

점심을 먹으면서 평화의 기념탑에서 찍은 사진들을 보며 얘기를 나눴다.

내가 말했다.

"이해가 안 돼. 제대로 나온 게 하나도 없어. 하나같이 뭔가 잘못된 것처럼 보이잖아. 난 정말 제대로 사진을 찍었는데."

　내가 조지 워싱턴 유령을 찍은 사진들은 하나같이 정말 이상했다. 사진마다 유령만 너무 밝게 나왔다. 사진 속의 다른 것들은 모두 정상으로 보였다.

　캣이 말했다.

"어쩌면 정말 유령인지도 몰라."

　샘이 눈을 부라리며 말했다.

"왜 이래, 캣! 유령은 없어!"

껌이 끼어들었다.

"잘 모르겠지만, 어쩌면 유령이 있을지도 몰라."

샘이 당황한 얼굴로 말했다.

"껌, 너까지?"

껌이 고개를 끄덕이며 말했다.

"내가 어렸을 때 우리 가족은 시내 동쪽에 있는 작은 아파트에서 살았어. 보기엔 그냥 평범한 아파트였지만 꽤 괜찮은 놀이터도 있었어."

껌이 이야기하며 몸을 앞으로 숙이자 우리도 따라서 몸을 앞으로 숙였다. 껌은 말을 이어 갔다.

"그러던 어느 날 밤, 잠이 깨서 물 한 컵 마시려고 주방에 갔는데 엄마, 아빠가 거기에 계셨어. 나를 보더니 얼른 방으로 들어가라고 하시는 거야. 그래서 내 방으로 돌아왔지만 엄마, 아빠가 무슨 이야기를 하는지 들으려고 문가에 서 있었어."

"무슨 얘길 하셨어?"

의자 끄트머리에 걸터앉아 있던 캣이 묻자, 껌이 대답했다.

"목소리를 들으니까 아빠는 몹시 흥분하신 것 같았어. 엄마
는 두려움에 떠시는 것 같았고. 그때 아빠가 말씀하셨어.
'바보 같은 소리 말아요. 유령일 리가 없잖아!'"
캣과 나는 숨을 못 쉴 정도였는데 샘은 킥킥거렸다.
껌이 말했다.
"그 후로 잠을 잘 수가 없었어. 그리고 다음 날 엄마, 아빠가
나를 불러 앉히시고는 시내 건너편의 새집으로 이사할 거라
고 말씀하셨어."
캣이 물었다.
"유령 때문에?"
"그날 나도 그렇게 물었지. 하지만 아니라고 하셨어. 지금도
물론 그러시고!"
껌의 엄마가 우리 식탁 옆에 서서 말했다.
"친구들한테 너 지금 무슨 이야길 하는 거니?"
"어, 엄마 안녕."
껌이 말하자, 아주머니가 물었다.

"예전에 살던 아파트에 유령이 나왔다는 얘길 하고 있는 것은 아니겠지? 제임스, 수백 번은 말했잖니. 시내 건너편에 좋은 집도 얻었고, 집주인이 세를 올려 달라고 해서 이사를 한 거라고."

"알았어요, 엄마."

껌은 그렇게 말하며 샘에게 윙크했다.

껌의 엄마가 자리를 뜨고, 말소리가 들리지 않을 만큼 멀어지자 껌이 말했다.

"엄만 너무 무서워서 인정하기 싫으신 거야."

껌은 내 카메라를 들어 유령이 있어야 할 곳에 퍼져 있는 빛을 가리키며 말했다.

"게다가 모두가 알다시피 유령은 카메라로 찍히지도 않잖아. 유령은 진짜 있는 것 같아. 사진이 그 증거야."

샘이 말했다.

"웬일이지? 껌이 안톤 구트만을 지목하지 않다니."

크로크가 수상해 8장

점심을 먹은 후에 우리는 버스를 타고 '베트남 참전 용사 기념관'으로 출발했다. 이 기념관은 베트남 전쟁에서 싸운 사람들을 기리기 위해서 지어졌다.

아주 조용한 곳이었다. 기념관의 거대한 벽은 군인들의 이름으로 뒤덮여 있었다.

그곳을 찾은 사람들 대부분이 웃지 않았다. 헌화하는 사람들도 많았다. 어떤 사람들은 기념벽에 얇은 투사지를 대고 흑연을 칠해서 이름들을 베끼고 있었다.

스페이드 선생님이 우리를 불러 모아 기념관에 대해 조용히 말했다.

"이 기념관의 설계를 맡기 위해 설계사들이 경쟁을 벌였단다. 그 경쟁에서 당시 스물한 살이던 젊은 여성이 이겼지."

샘이 내 옆구리를 팔꿈치로 찌르는 것이 느껴져 샘에게 작은 소리로 말했다.

"아야, 그만 찔러."

샘이 속삭였다.

"미안. 그런데 저기 좀 봐."

샘이 스페이드 선생님 뒤에 있는 기념관 쪽을 가리켰다. 크로크였다. 크로크가 고개를 푹 숙이고 어슬렁거리고 있었다. 스페이드 선생님의 설명이 끝나자 우리는 크로크에게 다가갔다.

샘이 말했다.

"안녕, 크로크."

크로크는 깜짝 놀라는 것 같았고, 말까지 더듬었다

"아, 안녕."

무척 당황한 얼굴이었다.

"아, 나는……."

크로크는 멈칫하다가 다시 말을 이었다.

"난 지금 갈 데가 있어."

그 말을 남기고 뒤돌아 뛰어갔다.

캣이 말했다.

"왜 저러는 거지?"

잠시 후 누군가가 소리쳤다.

"저기 위를 봐!"

우리는 일제히 몸을 돌렸다. 기념관 위에 조지 워싱턴 유령이 나타났다. 주위의 모든 사람들이 카메라를 꺼내 사진을 찍기 시작했다.

물론 나도 카메라를 꺼냈다. 그러나 사진을 찍으려고 카메라를 든 순간 내 팔에 누가 부딪쳤다.

"조심하세요!"

내가 말하자 남자가 대답했다.

"미안하다, 꼬마야. 하지만 난 기필코 저 유령을 찍을 거다. 그러니까 방해하지 마라."

농담이 아니었다! 사실 여기 있는 사람들 모두가 유령 사진을 찍겠다고 서로 밀치락달치락하고 있었다. 그야말로 아수라장이 따로 없었다. 한 장소에서 이렇게나 많은 카메라를 본 건 이번이 처음이었다.

샘이 내 귀에 대고 속삭였다.

"다른 데로 가자."

내가 고개를 들자, 유령은 이미 사라지고 없었다.

"그래."

우리 넷은 하나같이 카메라를 들고 있는 그 수많은 사람들 틈을 비집고 나왔다.

"크로크 짓이 분명해."

샘이 고개를 저으며 말을 계속했다.

"그 애 행동이 너무 이상했어. 그러고 나서 유령이 나타나더니 지금은 둘 다 사라졌고. 정말 싫다. 그 애가 좋아지기 시작했는데……."

"하지만 호텔에 나타난 유령은 안톤이었잖아"

내가 그 점을 지적했으나, 샘은 내 말을 단호하게 부인했다.

"안톤은 그냥 얼간이야. 그런데 크로크는 뭔가 꿍꿍이가 있

어. 내 생각이 맞을 거야."

9장

공포의 기념탑

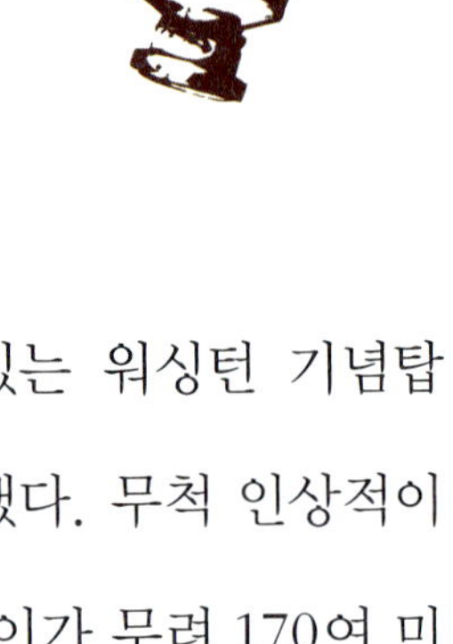

우리는 내서널 몰^{국립몰기념공원} 건너편에 있는 워싱턴 기념탑 한 곳을 더 들른 다음에 저녁을 먹기로 했다. 무척 인상적이었다. 스페이드 선생님은 그 기념탑의 높이가 무려 170여 미터 이상으로 전 세계에서 가장 높은 석조 구조물이라고 설명했다.

그러나 막상 가까이 다가가니 멀리서 볼 때와는 다르게 그 높이를 실감할 수는 없었다. 대신 우리 눈을 사로잡은 것은 수많은 관광객들이었다.

"늘 이렇게 사람들로 붐빌까? 멋지긴 하지만 난 그냥 커다란 대리석 기둥으로밖에 안 보이는데."

껌의 말에 우리는 모두 웃었다.

"사람들이 왜 이렇게 많이 모였는지 정말 모르니?"

우리 옆에 있던 한 여자가 말했다. 내가 여자를 쳐다봤을 때 여자가 들고 있는 값비싼 최신형 카메라가 눈에 띄었다. 보자마자 너무 부러웠다.

우리 맞은편에 서 있던 한 남자가 우리 쪽으로 몸을 숙이며 말했다.

"모두 조지 워싱턴 유령을 찍으려고 기다리는 거야!"

"그게 사람이 이렇게 많은 이유라고요? 유령을 보겠다고요?"

내 물음에 옆에 있던 여자가 대답했다.

"결국엔 여기에 나타날 거다. 여기는 자기 기념탑이니까."

나는 사람들을 둘러보았다. 너나 할 것 없이 카메라를 가지고 있었고, 그 중에는 새 카메라도 많았다. 솔직히 나는 새 카메라에 꽤나 질투가 났다.

내가 말했다.

"이 많은 사람들이 사진을 찍으려 한다는 게 믿기지 않아."

우리 넷은 인파를 헤치며 걸었다.

"이렇게 많은 카메라를 본 적이 없어."

우리가 사람들 틈을 비집으며 걷고 있을 때 관광객 중 누군가가 내게 말했다.

"지금 큰 할인 행사를 하고 있거든. 저쪽에 작은 가게가 있는데 오늘 대박이 났을 거야. 아침에 갔을 때도 손님들로 바글바글했어!"

바로 그 순간 기념탑 앞에서 환한 빛이 번쩍였다. 큰 탄성이 터졌고, 조지 워싱턴 유령이 나타났다. 사람들이 카메라 셔터를 누르자 미친듯이 플래시가 터졌다.

온갖 종류의 카메라와 플래시가 다 모여 있었다. 어떤 것은 디지털카메라이고, 어떤 것은 필름카메라였다. 어떤 것은 삼각대 위에 놓여 있고, 어떤 것은 크기가 작아 사람들이 들고 있었다. 구경할 만한 광경이었다.

그 순간 유령이 재빠르게 사라졌다. 그때 샘이 외쳤다.

"애들아, 저길 봐!"

캣이 말했다.

"크로크잖아!"

껌이 소리쳤다.

"뒤쫓자!"

우리는 사람들을 밀고 지나가려 했지만 사람들은 꿈쩍도 하지 않았다. 그때 크로크가 우리를 보고서 도망가려고 사람들을 밀치기 시작했다.

샘이 말했다.

"크로크가 사람들 틈을 빠져나가기 전에 붙잡아야 해. 그렇지 않으면 쉽게 도망가 버릴 거야!"

크로크는 우리보다 불리했다. 샘은 크로크보다 15센티미터 이상 키도 크고 정말 빠르다. 몇 분 후에 샘은 몇 사람을 앞지른 끝에 크로크의 어깨를 움켜잡았다.

샘이 외쳤다.

"멈춰!"

크로크는 뒤돌아 우리와 마주 섰다. 우리 넷은 크로크가 울고 있어 깜짝 놀랐다. 샘은 크로크의 어깨를 놔주었다. 우리는 다시 인파를 헤치며 걸어갔다.

캣이 크로크에게 물었다.

"괜찮니?"

샘이 사과했다.

"겁을 줬다면 미안해."

크로크가 말했다.

"그런 게 아니야. 너 때문에 우는 거 아니야."

"그런데 어째서 유령이 나타나는 곳마다 네가 있지?"

캣이 껌의 어깨를 툭 쳤지만 껌은 말을 계속했다.

"왜? 너희는 안 궁금해?"

"그게 무슨 말이야?"

크로크가 묻자 샘이 대답했다.

"기념관과 호텔 그리고 여기, 우리가 유령을 본 장소들이야."

크로크가 말했다.

"다는 아니지. 호텔의 유령은 너희들 친구였잖아, 아니야?"

껌이 말했다.

"야, 안톤 구트만은 우리 친구가 아니야!"

크로크가 말했다.

“그래그래, 어쨌든 유령은 아니었잖아.”

샘이 말했다.

“그건 그렇고. 너 그 기념관에서 어슬렁거리고 있었지?”

껌이 덧붙였다.

“그리고 지금은 여기 기념탑에 있고.”

크로크가 말했다.

“난 엄마랑 왔어. 그리고 베트남 참전 용사 기념관은 주말마다 가. 할아버지 이름이 거기에 새겨져 있어서 울었던 거고.”

캣이 물었다.

“할아버지가 보고 싶어서?”

크로크가 어깨를 으쓱하며 말했다.

“난 할아버지를 몰라. 그래도 이상하게 눈물이 나. 그래서 사람들이 날 크로커다일이라고 불러. ‘악어의 눈물’ 같다고.”

크로크는 청바지 주머니에 손을 찔러 넣고 자기 신발을 내려다보았다.

샘이 나직한 목소리로 물었다.

"그런데 너희 엄마는 오늘 무슨 일로 여기 오셨어? 지금 일하

는 시간 아니야?"

크로크가 대답했다.

"오늘은 쉬는 날이야. 그리고 우리 엄마도 이 도시의 다른 촌

뜨기들처럼 바보 같은 유령을 찍겠다고 안달을 내고 있고."

그때 난 알아차렸다.

"그거야!"

내가 손가락을 튕기며 소리쳤다.

"사진이야! 다들 날 따라와."

나는 방향을 돌려 주차장을 향해 전속력으로 달렸다. 달릴

때 가슴에 부딪히지 않도록 카메라를 꼭 붙잡아야 했다.

샘이 날 따라잡고 물었다.

"어디로 가는 거야?"

"주차장. 네가 더 빠르니까 먼저 가!"

내가 대답하자 샘이 나를 앞질러 달리기 시작했다.

"주차장에서 카메라를 가지고 있던 그 아저씨를 찾아!"

내가 샘의 등에 대고 소리쳤다.

"알았어!"

샘이 소리쳐 답했다. 샘은 정말 빠르다. 우리 넷을 쉽게 앞질러 갔다. 마침내 우리가 따라잡았을 때 샘은 어느 차에 기대고 서 있었다. 국회 의사당 주차장에서 보았던 남자가 조수석에 커다란 검은 가방을 던져 넣고 운전석으로 가고 있었다.

"이 아저씨 맞지?"

샘이 차에 탄 그 남자를 엄지손가락으로 가리키며 물었다.

내가 미소를 지으며 고개를 끄덕이고는 말했다.

"맞아. 조수석에 있는 저 커다란 검은색 가방을 열어 보면 작은 거울들이 붙어 있는 조지 워싱턴 의상이 들어 있을 것 같아."

"꽤 흥미로운 추리구나, 꼬마야."

그 남자가 차문을 닫으려 하면서 말했다.

샘은 꼼짝하지 않았다.

"안됐지만 너희에게 내 가방을 넘길 수는 없다."

내가 대답했다.
"물론 그러시겠죠.
그러면 곧 체포될 테니까요."

캣이 물었다.

"어떻게 이 아저씨가 유령인 줄 안 거야, 에그?"

내가 대답했다.

"몇 가지 단서가 있었어. 첫 번째 유령을 봤을 때, 이 아저씨 가게 광고지가 기차역 바닥에 잔뜩 깔려 있었어."

껌이 말했다.

"그래 맞아."

"그리고 두 번째로 유령을 봤을 때……."

내가 계속 말하려 하는데 샘이 끼어들었다.

"그건 안톤이었잖아?"

"아, 그렇지! 세 번째로 유령을 봤을 때 찍은 사진에도 단서가 있었어. 이 아저씨처럼 사진을 잘 아는 프로 사진가들만이 사진에서 그런 효과를 내려면 어떤 옷을 준비해야 하는지 알 수 있어."

샘이 팔짱을 끼며 고개를 끄덕였다.

"좋은 지적이야."

나는 말을 계속했다.

"그리고 결국에 알아차렸지. 유령 덕분에 아저씨 가게가 잘되고 있다는 거! 아까 사람들도 그랬잖아. 모두가 이 유령 사진을 찍고 싶어서 이 아저씨 가게로 달려간 거야. 워싱턴 D.C.에서 지금 그렇게 큰 할인 행사를 하는 곳은 아저씨 가게밖에 없어!"

크로크가 말했다.

"맞아, 우리 엄마도 그 유령을 찍겠다고 카메라를 새로 사셨어. 바로 '워싱턴의 사진' 가게에서."

그 남자는 에그를 노려보며 말했다.

"꽤 똑똑한데? 하지만 뭐 상관없어. 난 곧 여길 뜰 거니까."

샘이 차에 기대고 서 있는데도 그 남자는 차의 시동을 걸었다. 캣이 비명을 질렀고 그게 효과가 있었다.

누군가의 목소리가 들렸다.

"무슨 일입니까?"

경찰이었다. 경찰이 우리에게 다가오고 있었다.

남자가 말했다.

"이런!"

"아, 워싱턴 씨, 요즘 장사는 잘됩니까?"

경찰이 묻자 남자가 대답했다.

"아, 네. 잘되고 있어요! 장사 시작하고 제일 장사가 잘되는

주말이었어요."

내가 말했다.

"왜 그런지 경찰 아저씨한테 말해요."

경찰이 나를 힐긋 보더니 다시 워싱턴 씨에게 눈을 돌렸다.

껌이 말했다.

"저 검은색 가방에 뭐가 들어 있는지 물어보세요."

샘이 눈을 부라리며 말했다.

"경찰 아저씨, 이 아저씨가 조지 워싱턴 대통령 유령 흉내를 냈어요."

경찰이 물었다.

"그게 정말인가요? 그 가방 안을 봐도 될까요?"

워싱턴 씨가 차에서 내리면서 말했다.

"네, 알았어요. 인정하죠! 하지만 당신이 생각하는 그런 게 아닙니다. 이 꼬마들이 생각하는 그런 게 아니에요!"

경찰이 말했다.

"진정하세요, 워싱턴 씨. 무슨 일이 있었던 겁니까?"

워싱턴 씨가 말했다.

"누군가를 해칠 의도는 아니었어요. 저희 가게의 특별한 할

인 행사를 위해 반짝이는 조지 워싱턴 의상이 필요했어요.

그래서 그 의상을 빌리러 뉴욕에 갔었고요. 잘 아시겠지만

저희 가게 이름이 '워싱턴의 사진' 이잖아요?"

경찰이 말했다.

"네, 그렇죠."

워싱턴 씨가 말을 계속했다.

"그런데 뉴욕에서 버스가 제 옷에 흙탕물을 튀겼어요. 그래

서 버스에서 조지 워싱턴 의상으로 갈아입었고요. 그런데

그게 재미있겠더라고요."

경찰이 말을 받았다.

"그래서 유니언 역에 도착했을 때 사람들이 당신을 유령이라

고 생각했군요?"

워싱턴 씨가 고개를 끄덕였다.

"처음에는 무척 당황스러웠어요."

워싱턴 씨는 얼굴을 붉히며 말을 이었다.

“모두들 비명을 지르며 달아나는 거예요.”

워싱턴 씨는 머리를 흔들며 덧붙였다.

“저도 도망치면서 인쇄된 광고지가 든 커다란 상자를 떨어뜨렸어요. 정말 끔찍한 날이었어요.”

샘이 말했다.

“그런데 왜 계속하신 거예요? 그건 무심코 한 실수였잖아요.”

워싱턴 씨가 땅을 내려다보며 말했다.

“그날 저녁, 우리 가게에 손님들이 아주 많이 왔어. 모두 그 유령을 찍겠다고 카메라를 사러 온 사람들이었지. 그 사건이 뉴스에 보도되었거든!”

경찰이 머리를 긁적이며 말했다.

“거참, 무슨 죄목으로 체포해야 하나? 아무튼 경찰서에 가서 경사님과 얘길 나눠야 할 것 같습니다.”

경찰은 워싱턴 씨를 경찰서로 데려가려다 걸음을 멈추고 우리를 보며 말했다.

“그런데 너희들, 사건을 잘 캐내었구나? 너희들은 누구니?”

샘이 나에게 미소를 지어 보이며 말했다.

"다 에그가 한 거예요."

나는 얼굴이 달아올랐다.

샘이 설명했다.

"진짜 이름은 에드워드 게리슨이에요."

경찰이 손을 내밀어 나와 악수했다.

"잘했다, 에그. 워싱턴 D.C.에 사니? 함께 일하는 건 어때?"

내가 대답했다.

"아니요, 저희는 여기에 살지 않아요. 저희는 현장 학습을 온

'범죄 수사대'예요."

문학계 소식

수수께끼의 작가
모습을 드러내다!

스티브 브레즈노프는 미네소타 주 세인트폴에서
아내 베스와 아들 샘 그리고 작고 냄새나는 강아지
해리와 함께 살고 있다. 책을 쓰는 일 말고도
그는 비디오 게임과 자전거 타기를 좋아하며,
중학교에서 학생들의 글짓기를 도와준다. 스티브는
거의 언제나 꿈에서 아이디어를 얻기 때문에 잠옷을
입고 있을 때 가장 좋은 글이 나온다.

예술 & 연예

캘리포니아의 화가가 미스터리
해결의 열쇠였다 — 경찰 발표

C. B. 캥거는 어릴 때 무척 활동적인 아이였다. 그의 부모는 종이 한 장과
크레파스 몇 개만 주면 이 부산한 꼬마 용이 얌전해진다는 것을 깨달았다.
그때부터 캥거는 그림에 흠뻑 빠졌다. 샌프란시스코 예술 대학에서 삽화를
전공하고 2002년에 졸업한 그는 현재 같은 대학에서 학생들에게 그림을
가르치면서 아내 로빈과 세 아이를 데리고 캘리포니아에서 살고 있다.

탐정 사전

압수 : 다른 사람의 물건을 빼앗는 것.

범인 : 범죄를 저지른 사람.

남북 전쟁 : 미국에서, 노예 제도의 폐지를 주장하는 북부와 존속을 주장하는 남부 사이에 일어난 내전.

내셔널몰 : 미국국립공원관리청이 워싱턴 D.C.의 여러 기념지 및 사적 등 17개소를 묶어 관리하는 단위. 국립몰기념공원으로도 불림.

삼각대 : 카메라나 실험 기구 등을 얹어 놓는, 세 발이 달리고 쇠로 된 받침대.

유령 : 죽은 사람의 혼령이 마치 살아있는 것처럼 생전의 모습으로 나타난 현상.

에그 개리슨

6학년

워싱턴 D.C.

미국의 첫 번째 수도가 워싱턴 D.C.가 아니라 펜실베이니아 주의 필라델피아였다는 사실을 아는 사람은 거의 없다. 하지만 그게 사실이다! 워싱턴 D.C.는 1790년에 미국의 수도가 되었다.

수도의 이름은 미국의 첫 번째 대통령인 조지 워싱턴에서 따왔다. 이 도시의 면적은 159제곱킬로미터에 이른다.

워싱턴에는 중요한 건축물들이 많이 있다. 미국 국회 의사당 건물은 1793년에 공사를 시작해 1819년에 완성되었다. 지금도 재건 사업을 계속하고 있다.

대통령이 사는 백악관도 아주 중요한 건축물이다. 백악관은 1792년에 공사를 시작해 1800년에 완성되었다.

1812년에 워싱턴 D.C.는 영국군의 침략을 받아 불바다가 되었다. 그래서 재무부 건물, 국회 의사당, 백악관 등 워싱턴을 대표하는 많은 건축물들이 불에 타 버렸다.

최근에 워싱턴을 대표하는 건축물이 하나 더 생겼는데, 그것은 바로 베트남 참전 용사 기념관이다. 무려 1,400명 이상의 설계사들이 이 기념관의 설계를 맡기 위해 서로 경쟁을 벌였다. 기념관은 1982년 3월에 공사를 시작해 1982년 10월에 완성되었다.

워싱턴 D.C.는 늘 변하고 있다. 다음에는 어떤 기념탑이나 기념관이 지어질는지 정말 궁금하다!

에그: 참 잘했다! 워싱턴에서 선생님에게 특히 인상적이었던 것은 워싱턴 기념탑이야. 꼭 기다란 연필 같았거든. 참 멋진 연필이지? – 스페이드 선생님

미국의 수도, 워싱턴 D.C.

'워싱턴 컬럼비아 특별구(Washington, District of Columbia)'를 워싱턴 D.C.로 줄여 쓴다. 어느 주에도 속하지 않는 특별 구역으로 미 서북부에 있는 워싱턴 주(주도 시애틀)와는 다른 곳이다. 워싱턴 D.C.의 거리(오른쪽 위)에는 뉴욕 시와는 달리 초고층 건물이 드물다. 워싱턴 기념비보다 높은 건축물을 지을 수 없도록 규정하고 있기 때문이다. 국회 의사당(위)과 백악관(오른쪽 아래)이 이곳에 있다.

내셔널몰

워싱턴 D.C.의 중심, 국회 의사당의 주변에 내셔널몰(National Mall and Memorial Parks)이 있다. 이곳은 미국국립 공원관리청(National Park Service)이 워싱턴 D.C.의 여러 기념지 및 사적 등을 묶어 관리하는 단위이다. 워싱턴 기념탑(오른쪽 위), 베트남 참전 용사 기념관(왼쪽 아래), 한국 전쟁 참전 용사 기념관(오른쪽 아래), 링컨 기념관, 토머스 제퍼슨 기념관 등 17개소로 이루어졌다.

워싱턴 D.C.의 지상 관문, 유니언 역

1908년에 문을 연 미국 수도로 들어가기 위한 관문, 유니언 역
(Union Station). 미국 전역으로 뻗은 철도 '암트랙(Armtrack)'의
본부 격이면서 그 자체가 관광지로 유명하다. 특이한 점은 유
니언 역이 서울역과 같은 역 이름이 아니라는 것. 미국은 우리
와 다르게 여러 개의 철도 회사들이 있는데, 유니언 역은 그 철
도 회사들이 공동으로 사용하는 역을 말한다. 그래서 미국 전
역에는 유니언 역이 있다.

스미소니언 박물관

영국의 과학자 제임스 스미손의 기부금으로 1846년 설립된 종합 박물관이다. 스미소니언 협회(Smithsonian Institution) 소속의 박물관들을 통틀어 칭하는 것으로 총 16개의 박물관과 갤러리, 동물원, 리서치 센터로 구성되어 있다. 그 중 하나인 스미소니언 항공우주 박물관(Air and Space Museum)은 워싱턴 D.C.에서 반드시 방문해야 할 필수 관광 명소로 꼽히는 곳이다.

좀 더 생각해 보자

1. 이 책에서 나와 친구들은 워싱턴 D.C.를 방문했어. 너도
   친구들과 함께 현장 학습을 가 보는 게 어때? 어디로 갈
   생각이니? 거기서 뭘 할 거야?

2. 안톤 구트만은 정말 짓궂은 애야. 다시는 그런 짓을 못
   하게 하려면 어떻게 해야 좋을까?

3. 부모님 없이 친구들과 여행을 간 적이 있니? 친구들은
   부모님이 있을 때하고 없을 때 어떻게 달라?

너만의 탐정 노트

1. 베트남 참전 용사 기념관에서 사람들이 기념벽에 새겨진 이름들을 베끼고 있었지? 우리도 얼마든지 따라해 볼 수 있어!

   1) 묘비나 간판처럼 글자가 밖으로 도드라져 있는 물건이 필요해.

   2) 얇은 종이를 그 글자에 대고 심이 부드러운 연필이나 크레용으로 종이 위를 칠하면 끝!

   3) 종이에 글자의 윤곽이 드러나는 게 보이지?

2. 만약에 워싱턴 D.C.에 간다면 뭘 보고 싶어?

3. 나와 친구들은 이 사건의 미스터리를 풀었어. 우리는 함께 사건을 해결하는 걸 좋아해. 넌 친구들과 함께 뭘 하는 걸 좋아하니?

미국 현장 학습 미스터리
미국의 유명한 도시로
현장 학습을 떠난
네 친구들의 모험이 시작된다!
SCHOOL BUS

🚌 **미국 현장 학습 미스터리 시리즈**

미국의 초등학생 네 명이 펼치는 스릴 만점, 현장 학습 이야기!

미국의 유명한 도시를 현장 학습하는 동안 호기심을 자극할 만한 사건이 터지고, 아이들은 단서를 쫓아가며 미스터리를 해결한다. 도대체 범인은 누구일까?

뉴욕을 발칵 뒤집은 도둑
The Burglar Who Bit the Big Apple

뉴욕으로 현장 학습을 간 샘과 친구들. 그런데 관광 명소에서 수상한 아이를 발견하게 된다. 그 아이가 도둑이 맞을까? 과연 네 친구들은 진범을 잡을 수 있을까?

샌프란시스코에서 만난 소매치기
The Crook Who Crossed the Golden Gate Bridge

샌프란시스코로 현장 학습을 떠난 껌 슈와 친구들은 유명 관광지에서 발생한 소매치기 사건에 휘말린다. 선생님과 할머니의 지갑을 훔쳐간 소매치기를 찾을 수 있을까?

워싱턴에 나타난 유령
The Ghost Who Haunted the Capitol

미국의 수도 워싱턴 D.C.로 현장 학습을 떠난 에그와 친구들. 그곳에서 유령을 보게 된다. 워싱턴 D.C.에 나타난 유령의 정체를 밝힐 수 있을까?

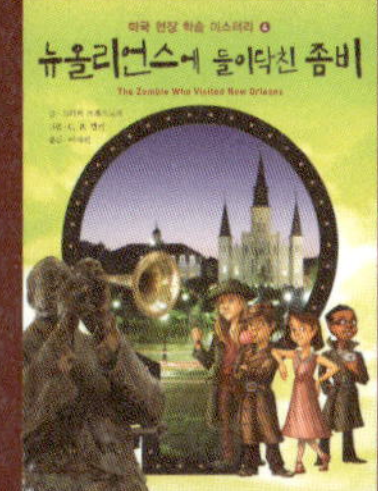

뉴올리언스에 들이닥친 좀비
The Zombie Who Visited New Orleans

뉴올리언스로 현장 학습을 간 캣과 친구들. 그곳에서 좀비를 만나게 되고, 갈수록 이상한 일들이 생기는데……. 캣과 친구들은 이 사건을 풀 수 있을까?

★ 계속 출간됩니다.

〈사진출처〉

creative commons(creativecommons.org)

표지(평화의 탑) ⓒⓕ by DymphieH, 90쪽(위) ⓒⓕⓞ by Rob Shenk, 91쪽(아래) ⓒⓕⓞ by sisharktank, 92쪽(위) ⓒⓕ by kittivanilli, 92쪽(아래) ⓒⓕⓞ by mastermaq

wikipedia(wikipedia.org)

표지, 88쪽 ⓒⓕ by Amanda Walker, 89쪽(위) ⓒⓕⓞ by AgnosticPreachersKid, 89쪽(아래) ⓒⓕⓞ by Wadester 16, 90쪽(아래) ⓒⓕⓞ by Kkmd, 91쪽(위) ⓒⓕⓞ by David Baron, 93쪽(위) ⓒⓕⓞ by Go Maryland, 93쪽(아래) ⓒⓕⓞ by David Bjorgen